# 빙글빙글

글, 그림 **김은경**

도서출판 **명주**

푹신푹신 예쁜 양탄자
놀이도 하고 책도 읽고

동글동글 둥근 달이
빙글빙글 양탄지를 만나더니
으악!

빙글빙글 모양의 달팽이집.
느릿느릿 달팽이가 있어.
다들 어디 가니?

스윽스윽 기어서
빙글빙글 똬리 튼 뱀.
으악! 무서워.

여긴 **새콤달콤** 사탕나라네.
**알록달록** 무슨 맛일까?
**빙글빙글** 사탕이 좋아.
빙그르르. 뱅그르르.

뿌지직 응가.

토끼 모양. 바나나 모양. **빙글빙글** 모양.

아이 냄새나!

내 머리카락 빙글빙글 말았더니
꼬불꼬불 뽀글 머리가 되었네.

구불구불 하늘하늘
울긋불긋 아름다운 색깔.
빙글빙글 맴도는 리본 체조.

샤라라락 팽그르르
하얀 빙판 위의 피겨 선수
너무 멋져!

덩실덩실 소고 치며 상모 돌리기
뱅글뱅글 균형 잡고 헤드 스핀

# 팽글팽글 돌아가는 팽이
## 누구 팽이가 제일 오래 돌까?

팔랑팔랑 바람개비.
삐걱삐걱 풍차 소리.

바람개비 만들어 하늘로 날려볼까.
어! 점점 커진다. 날아간다.
으악!

꿈이었구나.
하지만 **빙글빙글** 세상은
참 재미있었어.

# 바람개비 만들어 볼까!

준비물 : 색종이, 수수깡, 압정, 가위

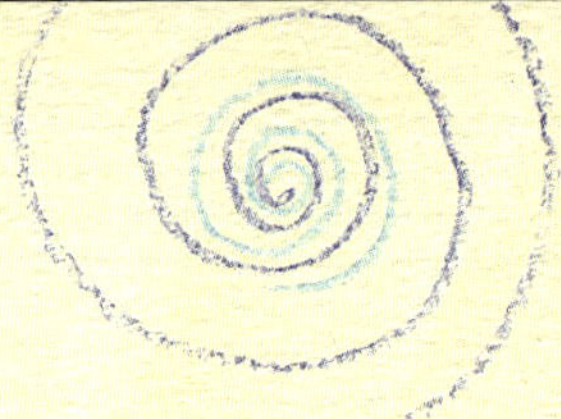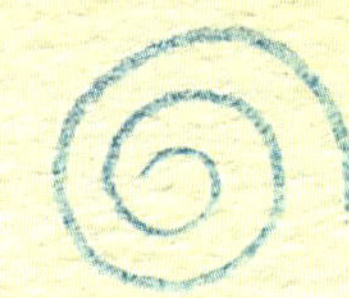

글, 그림 _ **김은경**

서울과학기술대학교 시각디자인과를 졸업한 동화 작가입니다. 아이들에게 상상력과 동심을 심어줄 수 있는 재미있고 감동적인 그림을 전달하기 위해 즐거운 마음으로 그리고 있습니다. 그린 책으로는 《과학, 인체, 지구 시리즈》, 《마법사 유치원 선생님》, 《현수는 교통안전박사》, 《롤러코스터 타러가요》, 《꿈꾸는 도서관》, 《영웅 아킬레우스》, 《오소리 농부와 아기 참새》, 《기찻길 옆 아이들》, 《위인 탄생의 결정적 순간》 등이 있습니다.
이메일 : illust1222@naver.com

초판 1쇄 인쇄 | 2022년 10월 20일
초판 1쇄 발행 | 2022년 10월 25일

펴낸이 | 김영대
펴낸곳 | 도서출판 명주
출판등록 | 2011년 7월 20일(제 301-2013-083)
주소 | 서울특별시 강동구 천중로42길 45 2층
전화 | 02-485-1988
팩스 | 02-485-1488
ISBN 978-89-6985-019-5

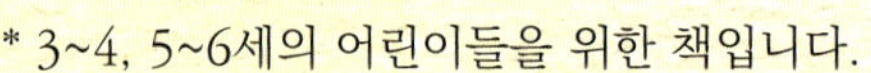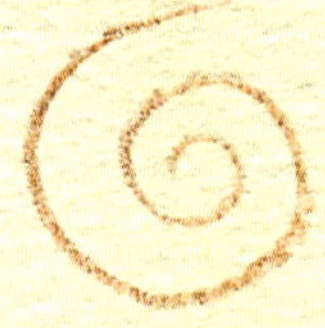

* 3~4, 5~6세의 어린이들을 위한 책입니다.
* 잘못된 책은 바꾸어 드립니다.